KB126806

글벗시선 193 김진오 시집

빛과 색으로 말하다

김 진 오 시집

시詩를 찾아서 먼 길을 걸어 이제야 여기에
왔다. 그러나 시는 내게 어렵게만 다가왔으며
시가 시다운지 부끄럽기만 하다.

2017년 증조부님과 조부님 부자의 한시를
국역하여 유고 시집을 발간한 바 있다.

조부님의 시향을 빌려 시집으로 묶어 세상에
내놓게 된 것이 행복하다.

2023년 4월 봄날

김 진 오

차 례

■ 시인의 말 · 3

제1부 비소리의 추억

제2부 어머니의 별

제3부 장산도 들노래

제4부 섬 이야기

■ 서평

제1부

비소리의 추억

비소리 1
– 어머니 품

토담집은 금빛 반달을 머리에 이고
흙에서 살자고 언제나 소곤소곤
돌담길 따라 햇살 가슴에 품은
아낙네들 마음에는 행복꽃 가득한 곳

앞내도 뒷내도 바닷물 드나드는 갯벌
남정네들 튼실한 팔뚝으로 원둑을 막아
수수 백 칸의 곳간을 만들었다
먹을거리 갈무리하여
한 생을 곱게 담아 살아오는 곳

비소마을 지킴이로 남아 있는 거북이 넙섬
우리들 마음 편안하게 해주고
진 잔등에는 들꽃 풀벌레와 새들의 사랑 노래
누가 들어 주지 않아도 아름답게 들려주는 곳

할머니 허리춤 금주머니 금낭골 물로
금싸라기 만들어 배고픔 없는 누리를 이루고
어둠이 내려앉으면 새들도 찾아오는 비소모금飛巢暮禽
따뜻한 어머니 품속인 보금자리
우리들이 사는 곳

* 비소리 : 전남 신안군 장산면의 자연마을

11

비소리 2
- 소금

끝없이 펼쳐진 소금밭
수리차 덤벙덤벙
바닷물 마시고 토하는
비릿한 고통을 가슴으로 받아 낸다

한 폭의 무명베 펼치면
해님이 찾아와
세월의 더께를 짊어진
염부의 등에서 낮잠을 잔다

소금꽃 춤사위 나풀나풀
잎새에 이는 바람 따라가다
그리움이 사무쳐
백옥으로 주저앉는다

* 수리차 : 목재로 만든 원통형으로 사람이 올라가서 발로
한 칸씩 밟아 날개를 이용 소금물을 높은 곳으로 퍼 올리는
데 1970년대까지 사용

비소리 3
- 개구쟁이

한여름 더운 바람이
햇볕을 데리고 온다
개구쟁이들 흙먼지 길을 달려
개펄로 간다
둥실둥실 구름 한 점
벌거숭이 아이들 찾아와 물장구친다
짱뚱어 살랑살랑 박수치고
농게는 잰걸음으로
개펄의 속살을 헤집고 나와
너울너울 춤을 춘다

비소리 4
 - 포구

뱃살 허옇게 드러낸 갯벌
밀물이 입김으로 간질밥을 먹이면서
엎치락뒤치락 부둥켜 몸을 비빈다

작은 포구는 수줍음에 산그늘에 숨어
가쁘게 숨을 몰아쉬면
내 유년의 꿈들이 산란하여
바다로 달려가 별이 되어 깨어난다

비소리 5
– 추억

유년시절 여행길은 한 권의 동화책
추억 속 이야기는 환한 달빛이고
맑은 향기 감도는 아침 햇살은
가슴 저린 그리움 하나 새겨 놓아
생각하면 그때가 좋은 시절이라 말한다

티 없이 해맑게 살았던 우리들
아등바등하지 않고
너와 나 손잡고 시간 속 우정의 끈을 묶어
빛바랜 사진 속에서 함박웃음으로 다가온다

맥고리 멍석 삼태기 손수 만들어 내는
방안의 짚풀 대나무 냄새 역겨워도
사람 사는 모습으로 맴도는 따스함에
눈이 내리면 화롯가에 옹기종기 앉아
말장난 손장난 발장난하던 벗들의 얼굴이
강물로 흘러 흘러 오늘도 만난다

비소리 6

– 갯벌

놀이터가 된 갯벌
썰물이면 개웅 두 개를 건너
산기슭에서 옹기종기
벌거벗은 몸을 햇볕 수건으로 닦는다
검은 연기 내뿜으며
선창으로 달려오는 발동기선
뭍으로 나들이 갈 때까지 구경하고
갯벌 다시 건너온 날들이
흐르는 구름방울 되어
아이들 가슴으로 고운 정이 내린다

비소리 7
　– 탯자리

뒷마당에는 언제나
대잎 살랑거리는 소리가
흰 구름에 떠도는 귀 밝은
구인사 풍경소리 닮았다

풀잎 무서리를
풀벌레가 툭툭 털어주면
가을은 건들건들 어디메쯤 갈 것이고
샘물처럼 맑은 영혼이 자리 잡는다

눈감고 하늘가
황톳빛 언덕배기
탯자리에 가 닿으면
달빛 촘촘히 박히는 밤
뻘밭을 어루만지는 바다는
아무 일도 없다는 듯 잠들어 있다

비소리 8
– 쌀밥

유월은 모내기철
돌이네 엄마
빗방울 머리에 이고
당신은 굶은 속이면서
자식들 쌀밥 먹일 욕심 뿐

수북이 담은 못밥 한 그릇
무명 수건에 고이 감싸서
논둑길 나서면
질척질척한 뻘흙에
고무신은 벗겨져
울면서 따라온다

오리 길 달려
쌀밥 한 그릇 주고
다시 모내기하려 돌아서는
가난한 등허리에서 슬픔이 흐른다

비소리 9
– 주름진 농촌

풀무치 방아깨비와 뛰놀던 동무들
젊음이 넘쳐 싱싱했던 마을에는
아기 웃음소리 울음소리
들어본 지 오래되었다

다닥다닥 붙어서 사랑을 나누던
초가집은 도시로 이사를 하고
켜켜이 쌓인 먼지
빈집만 지키면서
말없이 자리를 차지하고 있다

고불고불 돌담 고샅길에는
봉숭아 채송화 활짝 웃고
굴뚝 연기 한가롭게 피우며
수채화로 그려진 마을에
젖은 추억 수북이 쌓인다

비소리 10
- 푸른 꿈

해가 서쪽 하늘로 걸어가는
신시申時 끝자락
동네 아이들 소 몰고
산 넘어 풀밭으로 꼴을 먹이려 간다

원둑 한편은 넓은 갯벌
바닷물이 밀려와 찰랑찰랑거리고
반대편은 소금밭으로
햇볕에 그을린 구릿빛 몸통을 드러낸 염부들이
짜디짠 알갱이 모아 허기진 희망을 담는다

소들은 제 나름대로 흩어져 풀밭으로
주린 뱃속 넉넉하게 채워 풍년가 부를 때면
아이들은 모닥불에 잘 구워진 보리끄스럼으로
아차아차하던 보릿고개를
물구나무서듯 가파르게 길을 걷는다

노을이 아이들과 소들을 이끌면
땡그렁땡그렁 워낭소리 내며
집으로 가는 길에
개밥바라기 손을 흔든다

풀꽃이 오늘도 무사함을 반기며
내일 모레 글피도 햇살로 피어나
한 뼘 한 뼘 자라 푸른 꿈 품으라 한다

비소리 11
- 할아버지

물 위에 떠서 날지 못한 섬
배움의 길 찾아
돛단배에 몸을 싣고
뭍으로 떠나올 때
돛단배 먹물로 번져
한 점 흔적도 없어질 때까지
갯바위에서 바라보시던 할아버지
이제는 연꽃 방석에 앉으셔서
다시 찾아온 비소리에서
나에게 천자문 가르치신다

비소리 12
- 할머니

사그락사그락 쌀 씻는 소리
새벽하늘을 일으켜 세운다
매일 밤잠 설치시며 일어나
사랑과 정성으로 버무리진 젖줄로
나를 키워주고
삶도 잘 익어가게 가르치셨다
달빛 따라가시는
할머니 향기 못 잊어
보고픈 마음 한 겹 두 겹 포개지면
가슴으로 스며드는 눈물

비소리 13
- 육거리 정류장

여섯 길이 정답게 맞대고 누워있다
동네 사람
처음 오가는 사람
여기에 미련 지문처럼 남긴다

간간이 눈발이 흩날리고 있는
정류장 앞
키 큰 가로등 얼굴을 들고
까만 세상 비추고 있다

이정표도 잠들고
면내 버스는 떠난 지 오래되었다
차디찬 의자에 앉아
오지 않을 사람
기다림은 끝이 없다

멀리서 종소리 찾아와
육거리를 지나갈 뿐

비소리 14
– 밤

깊어가는 밤
모내기를 막 끝낸 논에서
개구리 우는 소리
잠방잠방 논둑에 부딪친다

개 짖는 소리
오월의 끝자락을 뚫고
빠르게 지나간다

그 자리에
어둠의 여백을 채우는
소나무 한 그루 우뚝 서 있다

그리고 잠잠한 밤
은하 강은 동심으로 흐르고
샛강은 추억으로 흘러
비소리를 살며시 끌어안고
그리움을 베어 물고 있다

비소리 15
- 사계절

　실안개 피어오르면서 새소리에 아침이 창문을 열면 드넓은 들판 제비꽃은 사랑을 싣고 와서 벙글벙글 웃는다 논갈이한 논에서는 개구리들이 밤새워 울고 소나기 한줄기는 새싹들을 푸르게 푸르게 자라게 하고 원두막에서 달디단 참외 수박으로 더위 식히면 매미 여치 소리가 청량제 되어 몸과 마음이 편안해 진다 벼 이삭 익어가는 금빛 들녘 물결이 옷자락에 정겹게 휘감긴다 온 마을 벼 타작 콩 타작 농부들 어깨춤을 덩실덩실 추면서 풍년가를 부른다 낟알 몇 개를 찾아 기러기 울며 벼 그루터기에 내려앉는다 함박눈 하얀 세상이 오면 감나무집 앵두나무집 눈 속에 묻히고 밥 짓는 연기 초가집을 덮는다 구불구불한 밭둑길 논둑길 삐죽이 내밀면 그 외길로 생명이 살아 숨 쉰다 차디찬 하늘에서 수 만개 별들이 내려와 도란도란 속삭이는 비소리

제2부

어머니의 별

봄

커다란 표주박으로
동장군을 떠서 보냈더니
온통 꽃망울 흩뿌려
온 누리 환해지네

어머니의 별

저녁이면 별들이 집으로 소풍 온다
멍석 위에서 보리밥 먹고
보리 밥풀만큼이나 수많은
빛을 마당에 뿌린다

쑥대로 모깃불 놓으면 모기들
쑥불 연기로 만든
실오리 드레스 한 벌 얻어
별똥별 손잡고 나들이 간다

어머니는 광주리에
별을 부지런히 따 담아
풋참외를 씻으면서
텅 빈 곳을 사랑으로 채운다

별 속에 들어간 풋참외는
어머니의 손끝에서
노란 참외가 되어
빛과 색으로 말한다

아버지

갈 봄 겨울 여름 꽃을 피우는
빨간 장미
한 그루

아버지가 초가집 마당가에 심어
쉰한 살 된 사철 장미
오늘도 싱싱한 삶 짊어지고
보고픔으로 피어나네

솔잎 사이로 웃음을 보내는
눈 내리는 동짓날 오후
붉은 별 만지고 있는

아버지의 그림자

어머니

　어머니는 오늘도 사경에 일어나 목욕재계하
시고 사시사철 모두가 잠든 밤 아무도 밟지
않은 오솔길을 따라 해와 달과 별이 먹는 샘
에서 한 동이 물을 이고 오신다 물동이 속으
로 별들이 들어가 밝고 빛난 정화수를 만들어
준다 어머님만의 생활공간인 부엌의 조왕신과
뒤뜰 장독대에서 칠성님께 정성을 가득가득
담아 올리신다 칠성님이 내려와서 어머니의
얼고 부르튼 손을 쓰다듬어 주는데 아랑곳하
지 않고 허리 굽혀 두 손 비비는 뒷모습은 큰
바위다 어머니의 정화수는 물이 아니었다 시
뻘건 피였다 나를 키워준 피였다

좋은 사람들

목상의 독수리가 해를 물고 날면서
우리의 아침이 열린 어느 봄날
꽃으로 피어나
아름다운 꽃 다섯 송이 향기를 머금고
한 달에 한 번 만나
우정을 가득 채워 마시는 세월의 잔
이순의 나이 앞에서
우리들 환하게 웃는 기쁨을 맛본다
목련꽃에 걸린 조각달
열 가슴이 둥근달로 키워
온 마음 꽃빛으로 비추는 사람들
참 좋은 사람들

친구

비가 층층 계단을 뛰어내린다
눈이 사람 사이를 분주히 오간다

비가 오는 길
눈이 내리는 길
너와 나는 손을 꼬옥 잡고
한 길을 걷고 걸었다

술잔에 꽃잎이 떨어지던 날
얼굴을 마주하고
마음도 마주하고
꽃길을 걷는다

꽃술도
마음 술도
둘이서 마시고 마셨다

우정이 가득한 술잔 속에
우리의 마음을 녹일
용광로가 있다

이팝꽃

영산로 양편 줄줄이
쌀밥 꽃 징하게 피어 풍년 들것다

내가 먹는 밥알들이 다닥다닥 붙어
실바람에 나부낀다

하늘이 내려다보는 오월 어느 아침나절
지나가는 모든 사람 한참을 바라보며
영원한 사랑 속으로 고요히 걸어간다

유달산 푸른 바람이 햇살을 업고 온다

별들이 춤추는 바다
- 신안군 청소년 문학 작품집 발간에 부쳐

수없이 반짝이는 눈동자
나래를 펴 훨훨 날아오른다
공간과 공간 그루터기에
둥지를 튼 너희들의 꿈
해맑은 친구들의
재치 넘치는 글이
어깨동무하고 마실을 간다
청춘의 등불로 섬들을 밝히면
별들이 바다에 내려앉아
너울너울 춤추는
너의 바다
나의 바다
사랑과 우정 노래
열여섯 살 무지갯빛 풋풋한 꿈이
오늘도 알알이 영근다

사랑의 집

안개에 젖은
가로등 사이사이로

머나먼 기억의
징검다리 이어주면

이야기가 쉬어가고
전설이 되어 잠이 든다

고달픈 삶 툴툴 털어
잠깐 내려놓는

사랑의 집에
초롱불 주렁주렁 열린다

수인산성

수십 리 구불구불한 산성
삶의 터전을 저 높은 곳에
할아버지의 할아버지들은 쌓았다
당신들의 아픔과 고통이
피와 땀으로 흘려 가슴을 적신다
산성돌 쭈뼛쭈뼛 머리 내밀고
소리치는 아우성
틈새마다 메아리로 울고 가는 넋
생과 죽음이 교차했던 산성에
구름은 소나무에 걸려 맴돌고
억새풀은 멀미를 앓아 찢긴 깃발처럼
돌베개를 베고 누워서 눈물만 흘린다

햇살

잘 익은 햇살은
오월의 청보리밭에서
도란도란 정담을 나누며
그리움에 취한다
가벼이 이는 바람결에도
아리아리 아리랑 춤춘다
각시붓꽃 꿩의바람꽃 양지꽃
더덩실 더덩실 장산도에서
목포 칠 십리 길 나선다
재 너머 봄 꿩이 우는 솔숲에
사랑의 아지랑이 피어오르는 한낮

목련

아파트 옆 비탈진 언덕
누군가가 함성을 지르자
놀라서 떨어진 별들
가지마다 걸려 활짝 웃고 있네

지나가는 소녀들이 서로 발돋움하며
살며시 주워 담아
한 묶음 사랑 만들려고
야단이네 야단났네

은행나무

이것은 절망이다
은행알을 우두둑 떨구던
지난 가을은 낭만이고 사치였다
팔과 다리가 잘리는 통증 견디기 어렵다
가지치기로 몽땅 잘려서
이제 몸뚱이만 남았다
노란 가을을 맞이할 수가 없다
희망도 미래도 앗아갔다
은행나무가 흘리는 피가
길을 흥건히 적신다
입춘 추위에 후들후들 떨고 있는
은행나무들

붕어빵

눈이 내린다
눈 내리는 길거리에
붕어가 뛰어논다

무쇠 틀 속에서
수많은 붕어가
살아서 나온다

구수한 냄새를 풍기며
날아오른다
하얀 김을 쏟아 내며
춤을 춘다

어릴 적 어머니가 사다 준
붕어가 되살아나서
방안을 헤엄쳐 다닌다
어머니와 나는
논틀밭틀 따라 고향 간다

*논틀밭틀 : 논두렁과 밭두렁 위로 꼬불꼬불하게 난 좁은 길

달마산

달마산에 갔더니
달마는 온데간데없고
바위 뾰쪽뾰쪽 솟아있는 산그늘에
동백꽃 흐드러지게 피었다

산마루 도솔암 혼자 앉아
화엄세상 꿈꾸는
도솔천 만들려고
두 손 모아 발원하고 있다

바다 건너 옹기종기 모인
어촌에서는
꽃구름 뭉게뭉게 피어올라
저녁놀과 합창한다

낙타

끝없는 사하라 사막
낙타 한 마리
모래 폭풍 속에서도
등 위에 진 하루의 삶이 잘 여물도록
저벅저벅 걸어간다

사막의 지평선은 고통이 아니다
희망의 싹이다

어두운 틈새에서
낙타와 나의 짧은 만남을
별들이 내려다보다 갑자기 뛰어내린다
이내 별들은 샘물이 되어 흐른다

낙타의 등 위로

생명

생명이 숨 쉬는 달걀
신도 세우지 않았는데
콜럼버스는 모서리를 깨트려 세웠다
이때 생명이 죽어가는 소리에
하늘과 땅이 엉엉 울었다
이것은 새로운 생각도
창조성도 아닌 비정한 폭력성
세운 자 못 세운 자
단지
인간의 심성 차이일 뿐

메밀꽃

메밀꽃은
달빛이고
별들이고
희디희고
맑디맑아
그 순수함이
내 누이의 티 없는 얼굴 닮았네

시내버스

버스 안 사람 몇
모두 말없이 차창 밖을 응시하고 있다
내리는 사람
타는 사람 없는
정류장을 막 스쳐 지나는데
빨강 신호등이 버스를 잠깐 세운 사이
누군가 뒤에서 헐레벌떡 달려와
버스 문을 두드린다
문을 열어 주니
노년의 아저씨가 타면서

"쩌그서부터 손을 흔든디 그냥가요"
"뭣이라우 언제 손을 흔들었다고 하요
정류장에서 타야제 뭔 말씀을 고렇게 하요
버스가 택시인 줄 아요 아무 데서나 태워 주
라고 하게 미안한 줄 아쑈"

기사 양반 말은 그래도
웃음으로 맞아주는 마음
버스 안은 따뜻함이 피워 오르고
소담스럽게 내리는 눈을 녹여준다

수묵화

둥둥 떠내려가는 섬

실안개가 잡아 묶어
수묵화 한 점 그려

미술관이 되었다

자연

자연自然은 스스로
그렇게 그대로 살아가라 하네

그러나 눈먼 욕심쟁이들이
가만히 놔두지 않네
그래서 너무너무 아파 견딜 수가 없네

목욕

와 아
바람에 목욕하는 벌거벗은
저 수많은 나무

시원해서 덩실덩실 춤을 추면서
마을로 마을로 내려와서
사람들 껴안고
입맞춤하는 연둣빛 사랑

임성역

싸락눈이 쌓이는 간이역
그리움 한 움큼 품에 안고 앉아 있다
어디서 누가 오는가 보아도
빈 하늘만 다가온다

한때는 시끌벅적하게 번잡했다
오가는 사람 하나 없어
쓸쓸함이 유리창에 부딪친다
침묵만 한 무더기 몰려온다

빠른 세상이 되어 한가해진 역
꾸벅꾸벅 졸고 있다가
기적 소리에 깨어나 거울을 본다
옛 추억을 그리고 있는 간이역

제3부

장산도 들노래

장산도 들노래

들녘에 들노래 사뿐히 내려앉는다
풍년 사랑으로 넘치고 넘쳐
어깨춤사위에 앞소리꾼
청아한 소리로 밀어준다
맞이 소리꾼들 한목소리로 잡아당겨 받는다
윗논에서 중모리로 흘려 내려주면
아랫논에서 중중모리로 받아넘기는
교환창 노랫가락
사기그릇 장수 덩실덩실
지게 춤을 추다가 넘어져
사기그릇 꽃잎 되어 날아간다
구경하던 아낙네와 나그네
들노래 속으로 들어가 화석이 된다

* 장산도 들노래 : 지방무형문화재 제21호

축제

울돌목 물이 운다
슬퍼서 울고 기뻐서 울고
그날의 아픈 상처를 어루만지면서
울고 또 운다
사백십칠 년 전 그날이나 지금이나
변함없이 울면서 흐르고 흐르면서 운다
흰 저고리 남색 치마 둥실둥실 춤사위
갑사댕기 빨강 치마 강강술래가 돌고 돌아도
사물 장단에 어깨춤 멋들어지게 덩실거려도
세월의 아픔 잊지 못해
길 잃은 나그네 되어 목 놓아 울고 있다

단풍

초록 아씨가
고운 비단에
온갖 모양으로
수繡 놓더니
술 한 잔에
얼굴 빨개져
바람이 찾아오면
흔들흔들
햇빛이 찾아오면
부끄러워 달려가다
온 산에 넘어져
흩뿌려진 루비 조각들

눈꽃

사분사분 걸어오는
너의 몸짓 아닌 몸짓
너의 소리 아닌 소리
너무나 사랑스러워
나도 너에게 달려가 말을 걸어본다
그러나 말이 없는 너
봄 여름에만 꽃이 핀 줄 알았더니
겨울에도 꽃을 피워
온 산
온 마을
온 들판
온 사람 가슴에도
하얀 꽃으로 피어나
해맑은 철부지 아이처럼
하얗게
하얗게 춤을 추는
너는
눈꽃

무위사 1

월출산 품에 안긴 절
바람이 감나무에 걸린 범종
은은하게 울리면서
무위사를 감싸 막 잠이 드는데
선잠 깨우는 꽹과리 소리
예술축제 다녀오던 사람들
질펀하게 사물 장단 울려
주차 마당이 들썩들썩 거릴 때
스님도 나와
빈 마음으로 즐기면서
중생들 가슴 가슴에 심알 심어 주는
맑디맑은 얼굴에서
나는 부처님을 보았네

무위사 2

한여름 무더위에
낮잠을 자다 깨어난
작은 절
부처님 찾으려고 두리번거린다
부처님 보이지 않고
길을 잃고 헤맨다
찾아도 찾아도 찾을 길 없어
없는 길 가고 가다
그만 주저앉아 울고 있는
무위사

그리워

별들이 소낙비로 내려
너와 나를 흠뻑 적신다
그리워서
그리워서
눈물이 난다
금이 간 가슴으로
눈물방울 뚝뚝 떨어진다

노을

감빛으로 섬이 불타면
바닷길 따라서
이름 있는 섬
이름 없는 섬
고개 내밀어 솟아오르다
살며시 내려앉는다
노을은 긴 그림자를 드리우며
수평선에 떨어져
검은 파도에 휩싸이면서
바다 깊숙이 침묵을 밀어 넣어
깊은 잠이 든다

당신

내 마음의 꽃밭에
피는 홍매화
한 그루
당신을 향한
보고픈 그리움
꽃잎 되어
하나둘 떨어져
강물 따라
멀리멀리
가고 가네

그 사람

만나지 못한 사람은
긴 밤 지새워도 만나지 못하고
별빛 쏟아져도 황량한 밭이 되어
만나지 못하고
내 가슴 뜨락에 내리는 정이 되어도 만나지
못한다
손가락 걸면서 약속한 사랑도 아니고
만난다는 언어는 허공중에 흩어져
만나지 못한 것은 당연해도
타버린 가슴 부여안고 여기까지 왔어도
만나지 못한 사람은 아직도 저만큼에서
그림자로 남아 있다

첫사랑

연분홍 코스모스꽃
한 잎
갈바람에 왔다가

윤사월 꽃 진 자리
흉터 되어

종이에 다 쓸 수 없는
얼굴
얼굴
얼굴

가슴 꽃

노을이 볼을 빨갛게 붉히면
햇살은 가만가만히 집을 찾아간다

바다 건너 섬에는
별이 하나둘 내려온다

별들은 바다를 자유로이 건너와
덕이 앙가슴에 꽃 한 송이 주고 간다

허무

우리 지나온 길은 이제 없어졌다
단지 희미한 기억 뿐
저편에서 사라져 가는 잿불
서로가 서로를 사랑한다고
말 못 했던 그런 시절도 있었다
붙잡을 수 있는 시간은
하루 이틀 사흘밖에 없는데
붙잡지 못해 깊은 수렁으로 떨어져
우리는 자유로울 수가 없다
이제는 허무만이 자리 잡고 있다

만남

낙엽 한 잎의 가벼움이
무게로 남는 오늘
너와 나 어깨동무하면서
세월 속에 담아온 이야기
살갑게 전해준다

얼굴 마주하며 나누는 정담과
보고 싶은 마음이 방울방울
사랑 강으로 흐른다

모두 한자리에서 우정의 닻을 내리고
가슴 미어지는 정을 여울여울 피워가는
우리들 마음과 마음자리
묶어두고 싶다

들꽃

숲속 하늘 햇빛 방울은
눈이 시리도록
초록 사랑 머금는다

산들바람은
나뭇잎 간지럽혀
웃음 짓게 한다

풀 섶 이름 모를 꽃들
살포시 고개 내밀어
옛이야기 속삭인다

짝사랑

조각달이 내려와
둥근달로 키우지 못해
찬 서리 내리는 날
맨발로 강을 건너가는
그대

이별

감미로운 음악이 흐르는
오색불빛 공간
말이 없는 빈 배는
두샛바람 되어
한없이 떠내려 간다

사랑을 기다리는 하얀 연기
사랑의 불꽃 태우지 못해
혼불 되어
여인의 가슴을 떠나
은하로 흐른다

욕망

인간의 욕망이
하늘을 찌를 것 같아도
세상의 이치는
자연의 순리를
거스르지 않는다

씻김굿 1
– 바리데기

일곱째 딸
핏덩이로 강변에 버려진 목숨
학이 날개 품어 키웠다

위중한 오구대왕의 병
피안의 세계
시왕산 약만이 살릴 수 있다 한다

딸 여섯 모두 나서지 않아
질곡의 삶을 산 바리데기
절벽의 길 폭포의 길 물의 길
아슬아슬 밟고 시왕산에 들어간다

숨다래 꽃
말다래 꽃 꺾어와서
죽은 아비 숨을 쉬게 한다
말도 하게 한다

효녀의 정성으로
생의 한가운데로 힘차게 달려간다

씻김굿 2
- 고풀이

명두대의 하이얀 명두전이 파르르 떤다
한 손에서 고가 둥글게 둥글게 돈다
지극정성이 몸과 마음을 움직여
매듭이 술술 풀린다
고 속에 담긴 죽은 이의
원怨과 한恨을 씻어준다
이승 저승 간을 오가며
맺힌 한을 어루만져 준다
풀린 곳 베 속에
흔들린 마음 다 잡히고
극락왕생으로 훨훨 날아
혼魂은 하늘로 올라간다
백魄은 땅 깊은 곳에 이른다
한 길로 통해 편히 잠든다

어둠

간밤
모진 광풍에
줄기찬 장대비
아픔을 당한 나뭇가지들
물이 된 작은 산의 슬픔

어느 인생 1

그물에 걸려 파닥이는 고단한 몸
아무 때나 내뱉는 거친 말에
인생 꽃 다 시들어진다
손등은 늙은 소나무 껍질
갈퀴손 마디마디 옹이가
살아온 만큼 대못으로 박히는 삶
닳은 뿌리째 뽑혀 유성이 흐르듯
쉼표 없이 걸어가는 등 굽은 가냘픈 체구
날마다 흙 속에 묻혀 말이 없다
구름 사이로 내미는 햇살이 손짓해도
퀭한 눈망울 허공만 달린다
삶은 옥수수 반 토막이
호주머니에서 고개 내밀어 미소 지어도
가랑잎 구르듯 말없이 가는 인생
어둠 속으로 싸늘한 바람이 고인다

어느 인생 2

고독이 아파오고
외로움 아물지 않은 상처로 남아
견디다 견디다 끝내
바람같이 떠난 날
천둥 번개는 그렇게도 무섭게 쳐
그의 빈자리를 세상에 알려줬다

아직까지 소식 없는 그이
어느 하늘 아래서 햇볕 되어
말간 웃음과 포옹하며
인생살이 덧셈과 뺄셈을 하고 있는지
궁금한 저녁 문밖을 기웃거리는데
알몸을 드러낸 자작나무 사이로
가랑비 말없이 내려 마음만 적신다

잡부의 하루

어둠이 온몸을 감싼 새벽에 일어나
라면 한 봉지로 시작된 하루

눈발이 날리는 길거리에서
버스를 타고 작업장으로 간다

생을 마감한 나무 조각들 모닥불로 살아나
인부들의 언 몸을 잠시 녹여준다

종일 잡부로 일해야 남는 건
동전 몇 닢 주머니 속에서 짤랑거린다

잡부로 사는 지친 몸
터널 속으로 들어가 나올 줄 모른다

제4부

섬 이야기

섬

바닷속 깊이 뿌리를 내리고
꿈을 꾸고 있는 섬들
매일 그리움에 젖는다

바다는 연신 춥다고
저희들끼리 몸을 비비며
바다 이불을 잡아당겨 덮는다

때로는 섬 둘레둘레 마다
파도 바람을 휘날리며
섬들에게 화풀이를 한다

그러나 섬들은
그저 묵묵히 웅그리고 앉아
말없이 잠잠하다

올망졸망 섬들은 바다 사이에서
만나지 못한 그리움에
몸겨누워 연신 눈물을 흘린다

섬들의 눈물이
마르고 말라
짠 바닷물을 만들었나 보다

그 섬에는

바다로 터벅터벅 걸어가면
푸른 빛 감도는 점 하나
출렁거린다

이별의 아픔 깊숙이 박힌
야윈 목선 한 척 오늘도
그리움에 눈물 흘리며 누워있다

팽나무 주엽나무 가득한
나이 많은 나무숲 사이로
푸드덕 새 떼가 날아간다

그 틈새에 얼어붙은 바람
적막 속으로 들어가
꼿꼿이 서 있다

육지로 올라온 고기잡이배

고향을 떠난 고기잡이배 한 척
삶을 끝내고
포구 언덕배기에 누워 졸고 있다

한때는 조기 갈치 명태 오징어
만선의 기쁨에 바닷바람을 타고
하늘을 붕붕거리며 날았다

가득가득 싣고 오색 깃발 펄럭이며
포구로 돌아온 날 모두 반기면서
내 몸에 지폐를 붙여주었다

바다가 그리워
울먹울먹하는
육지로 올라온 고기잡이배

할미 섬

오늘도 바람 따라 파도 따라
눈물 흘리며 바다 가운데 서 있는 여자

마을 사람들 갯것 하러 간 무인도
검어지는 하늘 일렁이는 바다
쏟아지는 빗줄기 무섭고 두려워서
급히 조각배를 타고 섬을 떠나려 할 때
물기둥 타고 승천하는 이무기를 보고
처녀가 소리치자 바다에 뚝 떨어져
조각배 밑창을 칭칭 감고 놓아주지 않아
처녀를 섬에 내려놓고 돌아선 사람들

섬에 갇힌 처녀의 울부짖음은
풀과 나무가 되고
눈물은 바위와 바다가 되어
천년이 흘러도 돌아오지 못한
섬이 되어버린 몸 넋

귀밑머리 허옇게 서리가 내린
할미 섬

홍도 슬픈여

일곱 남매를 키우며 사랑꽃 피우는 부부
까치설날을 앞두고 설빔 사러
뭍으로 간 사이
날마다 산봉우리에 올라
부모님 돌아오기를 손꼽아 기다리는데
멀리 수평선에 점같이 나타난 돛배
두 손 번쩍번쩍 들고 반기는데

잠잠하던 바다가 갑자기 들썩거리더니
한순간에 배를 삼켜 온데간데없어
이승과 저승의 간격
파도 한 조각에 흩어져 버린 생명
어이할거나 어이할거나
어머니 아버지를 부르는 울부짖음
하늘과 땅을 울리고
바다로 첨벙첨벙 걸어 들어가자
바위로 굳어 버린 남매들

물결에 잠겼다가 다시 드러나는
슬픈 일곱 섬

이끼 섬

검푸른 바다 가운데 점점이 떠 있는 섬들
태고의 자연을 간직한 채
잠들었다가 깨어나는 섬
해녀들의 숨비소리는
짭조름한 태도苔島의 합창

아름다움이 잠들어 있는 금빛 모래밭
모래밭을 부드럽게 쓰다듬는
파도 소리 파도 소리
세상을 일으켜 세우고
뭇 생명을 깨워 바다로 보내는 전주곡

마을을 지키는 서낭당
수천 년 내려오는 믿음 때문에
고기풍년과 재앙 없기를
소망하는 당신들의 마음
가슴에 박꽃으로 피어난다

해초가 그득한 이끼 섬

섬 이야기

은가루 흩뿌려 놓은 바다는
아지랑이 속으로 들어간다
밤꽃 흐드러진 밤섬 앞으로
커다란 섬 덩어리를 머리에 이고
발걸음도 가볍게
바다 위를 징검징검 걸어가는 아주머니
보는 사람들 마음이 조마조마한다

"워메 뭔일이당가. 섬을 이고 가네" 하자
깜짝 놀라 섬을 바다에 풍덩 빠트려
지금도 뿌리 내려 크고 있는 섬
개나리꽃 점점이 박힌 노랑 저고리
동백꽃 붉은 치마 겹겹이 걸어 두고
그녀를 기다리는 발섬足島

제주 뱃길

제주 목포 물길 이어주는 퀸메리호
바다를 가르며 길을 낸다
물의 고속도로다
갈매기 맴돌면서
사람들과 눈빛 인사 나눈 뒤
사랑 한 잎 입에 물고
무지개 속으로 아련히 사라진다
바닷길 너머로
하늘과 바다 맞대고 누워 뒹굴다가
섬 하나 품고
자궁 속으로 들어가더니
또 또 또 섬을 낳고 있다

기다림

배 떠난 포구에 서서
물결을 바라보며
하염없이 누군가를 기다리는 마음

기차 떠난 자리
팔베개하고 누워있는 철길을 바라보며
하염없이 누군가를 기다리는 마음

봄 안개 산허리를 감싸고
민들레 웃음 짓는 산모퉁이에서
하염없이 누군가를 기다리는 마음

비누

제 한 몸 바쳐서
남을 깨끗하고 빛나게도 한다

저 숭고한 아픔 누가 아는 가
부드럽고 가녀린 몸 닳고 닳아진다

오늘도 말없이
조용히 누워있는 희생

개간지

먹고 살기 힘든 시절
한 뙈기의 땅이라도 일구기 위해
산 중턱까지 위로 위로
너덜겅을 괭이로 파고
호미로 돌 띠 뿌리 골라내면서
개간한 떼밭
산과 나란히 누워 지난날을 회상하고 있다
비탈져 경작하기 힘들고
어려운 땅이었지만
보릿고개 때 보리 조 수수 콩 녹두 돈부 팥
맨손 맨발로 키워
열 한 식구 명줄을 이어주었던 땅
이제는 쟁기질 사람 손이 닿지 않아
눈물 질질 흘리며
무성한 잡초 잡목과 싸우고 있다
개간된 땅을 모두 묵정밭으로 만들고 있는
늙어버린 농촌

반가운 비

머언 산 어두워진다
어둠 속에 비가
소리 없이 내린다
논밭 쩍쩍 갈라진 틈새 흠뻑 젖는다
온 세상이 밝아지면서
초록 싹이 피어오른다
삽을 들고 논두렁 물꼬를 보는 농부들
얼굴에 웃음꽃이 핀다

장산 현터길

길은 언제나 열려 있다

백제 거지산현 길
통일신라 안파현 길
고려 장산현 길

천 년 전이나 지금이나
그 길 그대로인데
거니는 발자국은 다르다

현터길 지나는 바람은
수많은 세월을 삭히며
장산 섬의 역사를 보듬어 안고
씨 뿌리며 가꾸어 꽃을 피웠다

옷고름에 맺힌 그리움이
대성산성을 넘어와
베적삼을 질펀하게 적실 때마다
먼 옛날 생각 머리에 이고
오늘도 사람들은 이 길을 오르내린다

길 하나

하늘 길에는
구름이 한가로이 오고 가고
나무숲 다람쥐
거울처럼 맑은 눈빛에
내 마음을 비춰보면서
덕지덕지 묻어 있는 때를 닦아본다

법천사 가는 좁은 길
낙엽 비 내리면
고즈넉한 풍경소리
세상의 군상群像들 물욕을
소리 바람으로 씻어
바른길로 인도하기를 빌어본다

밤바다

별빛 하나둘 사뿐히 내려앉아
은빛 물결과 포옹하고
낡은 목선의 삐거덕삐거덕 노 젓는 소리
어둠을 삼키며 바다와 어깨동무한다

하늬바람은 어부의 갈기진 머리카락을
스르르 빠져나가
산자락에 붉은 동백꽃을 뿌려
파도와 어우렁 그네를 타는 밤바다

슬픈 역사
– 호란胡亂의 비극悲劇

고집불통들의 와글와글 싸움판
목구멍에서 살기가 나도록 외칠 때
삼천리 곳곳 말발굽에 차인다
민초의 삶은 사시랑이가 된다
절절하고 애타게 부르짖는
피맺힌 한마디도
당신들의 귀에는 들리지 않았다

청청한 댓잎도 마른다는
정월의 매서운 눈바람 치는 들판
누더기 차림새의 피난길 행렬 끝이 없다
아이는 온기의 끈을 놓아버린
어미의 젖을 빨고
굶주리고 지친 백성 길바닥에 주저앉아
한숨만 한가득

모진 것이 생명이라 놓지 않으려
안간힘을 쓰는데

되놈의 창칼 된바람같이 지나면
눈 위에 붉은 자국 켜켜이 쌓인다
누구 하나 구해주는 이 없고
기댈 힘마저 없다
어미는 등에 업힌 아이가 생각나
마른 젖이라도 물리려고
등에서 내렸더니
아이의 생은 이미 얼어 있었다

무지막지하게 덤비는 되놈들 피해서
겨울 바다에 몸을 던져 스러져간
조선의 꽃들
아! 슬픈 역사여

가을

파란 하늘 부서져 내려
가슴에 안기고
코스모스 사랑을 넘나드는
갈바람은
마당에 내려와
금빛 향기 몇 올
빨랫줄에 걸어 놓고
무심히 걸어간다

사물은 자연이다

징이 디딜방아를 찧어서
바람을 한 보자기 가득 싸 와 펴놓는다

북은 넉넉한 뱃심으로
넓디넓은 하늘 밭으로 구름 피워 올린다

꽹과리의 도톰한 입술로 한마디 외치면
번개가 되어 번쩍번쩍 요동친다

장구의 가늘고 잘록한 허리
휘어질 듯 꺾일 듯
춤사위에 비 주룩주룩 내린다

비 오는 날의 오후

양을산은 빨강 노랑 이불 속에서
할머니가 작은방에서
손자에게 도란도란 옛이야기 들려주듯
꼼지락꼼지락 놀고 있다

비가 오네 낙엽 지네
낙엽이 부르는 소리에 뒤돌아보니
세월만 저만치 걸어가고
놀란 청설모 나무 위로 숨어든다

하늘이 깨물어 뱉어낸 옥구슬 조각들
곱디고운 호수 위로 점점이 떨어져
붓대마다 사랑 무늬 그린다
그리움으로 짙게 채색되는 호수는
강으로 가지 않고
그대 오기만을 기다리고 있다

노루

오음산 다섯 개의 소리가
오선지에서
사월의 고운 노래로 일어난다

벚꽃이 해끗해끗 함박눈꽃으로 내리는
오솔길의 꽃잎에 묻어
개오리 들녘을 넘어간다

노루 가족 맑은 눈망울
머언 데 하늘 마시며
오늘도 고향 생각으로 시린 가슴에
낮달을 따서 담는다

반쪽 얼굴

일상이 되어버린 마스크
익숙하지 않은 반쪽 얼굴이 되었다

우리가 살아가는 이 땅 이 바다
단 하나뿐인 지구
얼마나 괴롭혔으면
자연이 반격을 한다

얼굴을 잊어버려
날마다 우울함만 가득하다

코로나19
대기권 밖으로 내다 버리자
아니면 우리 집 뒷마당에 파묻자

잃어버린 얼굴 되찾아
떨어져 있는 우리들
손잡고 마주 앉아보자

하늘

천평선에
맑고 푸른 물이 넘실넘실 흐른다

목이 말라 배가 부르도록 마셨더니
가을이 내 안에서 둥근달이 되었네

어미 제비

장마에 비가 내린다
어미 제비는 빗속을 뚫고 다닌다
처마 밑 제비집
어미를 기다리는 새끼들의 아우성
한시도 쉼 없이 먹이 물어 날라
다섯 마리의 어린 생명을 키워낸다

어미의 끝없는 사랑과 정성
누구도 따라오지도 흉내 내지도 못한다
어둑발이 내린 시간에도
비바람이 몰아쳐도 쉬이 없다
어미 제비는 고단하지만
세상에 이렇게 빛나는 모성이 있을까

참새

구름에 감추어진 햇살
온통 회색빛이다
샛바람이 먹장구름 태우고 온 오늘

참새 한 마리 유리창에 부딪혀 죽었다
안과 밖을 볼 수 있는 창
흉기가 되었다

옆에 있는 참새들
슬픔에 젖어 부르르 떨면서
시뻘건 울음을 허공에 토하고 있다

죽음이라는 벽 앞에서
돌담도 와르르 무너져 내린다

빛과 색으로 그린 그리움과 희망

- 김진오 시집 『빛과 색으로 말하다』

최봉희(시조시인, 평론가, 계간글벗 편집주간)

글은 마음으로 그리는 그림이다. 머릿속의 생각을 언어의 빛과 색으로 그림을 그려서 생각의 꽃을 피우는 것이다. 시는 조화로운 기운이 뻗어 나와 아름다운 생각의 무늬를 창조해내는 것이다. 그 시어에는 일이 이루어지는 경험의 글도 있고 빈 그림자를 좇아서 상상으로 엮은 것도 있고, 거침이 없어 아무런 장애가 없이 편안하게 쓴 글도 있다.

시는 타고난 능력과 자질에 따라서 스스로 좋아하는 것을 좇아 마음으로 깨달은 것을 표현한 것이다. 시는 애써 아름답게 꾸미지 않아도 시어가 살아서 저절로 움직이는 빛을 발한다. 일일이 항목을 나누지 않아도 사물의 이치를 넓게 밝게 통하게 되는 색깔을 지니고 있는 것이다.

어떤 사물을 마주하여 공감을 일으키거나 하늘과 땅의 올바른 이치와 모든 사물의 온갖 모습을 두루 꿰뚫었을 때 마음속에 가득 쌓인 생각이나 지식이 가만히

있지를 못하고 글로 마구 터져 나오는 것이다.

이번에 김진오의 시집 『빛과 색으로 말하다』에 실린 86편의 시를 정독했다. 김진오 시인은 전남 신안군에서 30여 년간의 장산면장을 비롯한 공직 생활을 하다가 제10대 신안문화원 원장을 역임한 바 있는 향토 사학자다. 그는 끊임없이 신안지역의 역사와 민속, 그리고 주민들의 삶을 계속적으로 연구하면서 신안에 대한 따뜻한 사랑을 담은 글이 많았다. 그만큼 시는 시인의 얼굴이다. 평범한 시어 속에도 기운이 일어서고 꺾고, 구부리고, 변화하는 시어 속에서도 매번 새로움이 있다. 그리고 놀라움이 있다. 시는 그 사람의 마음을 찍은 사진이다. 그 사람이 쓴 글을 보고 선함과 현명함, 귀함과 길함을 분별하기가 쉽다. 타고나거나 자라면서 얻은 자질과 정신, 기운이 빠짐없이 드러나기 때문이다. 시 쓰기는 하루 아침에 쌓을 수 있는 잔재주가 아니라 오랜 세월 노력이 쌓여야 한다. 그의 시적 특징을 살펴보면 세 가지로 요약할 수 있다.

첫째, 그의 시에는 항상 '어머니'가 있다. 그 어머니는 따뜻한 품속이면서 사랑의 마음이며 시인의 고향이다.

토담집은 금빛 반달을 머리에 이고
흙에서 살자고 언제나 소곤소곤
돌담길 따라 햇살 가슴에 품은
아낙네들 마음에는 행복꽃 가득한 곳

앞내도 뒷내도 바닷물 드나드는 갯벌
남정네들 튼실한 팔뚝으로 원둑을 막아
수수 백 칸의 곳간을 만들었다
먹을거리 갈무리 하여
한 생을 곱게 담아 살아오는 곳

비소마을 지킴이로 남아 있는 거북이 넙섬
우리들 마음 편안하게 해주고
진 잔둥에는 들꽃 풀벌레와 새들의 사랑 노래
누가 들어 주지 않아도 아름답게 들려주는 곳

할머니 허리춤 금 주머니 금낭골 물로
금싸라기 만들어 배고픔 없는 누리를 이루고
어둠이 내려앉으면 새들도 찾아오는 비소모금飛巢暮禽
따뜻한 어머니 품속인 보금자리
우리들이 사는 곳
  - 시 「비소리1- 어머니의 품」 전문

비소리(飛巢里)는 전남 신안군 장산면의 자연마을의
이름이다. 시인의 고향이기도 하다. 마을 뒷산의 지형
이 비소모금(飛巢暮禽), 즉 저녁에 새가 집으로 날아
들어오는 새집 형국이라 비소(飛巢)라 부른다는 설이
있다. 그래서 시인은 고향을 '따뜻한 어머니의 품속 같
은 보금자리'라고 표현한다. 무엇보다도 빛깔 있는 묘
사가 멋지다. 시인의 고향은 황톳빛 토담집에 금빛 반
달이 뜨고 앞뒤로 내가 흐르고 푸른빛 바닷물 드나드

는 곳이다. 수확한 곡식은 금빛이니 배고픔을 잊는 부
자마을이 아니겠는가.

저녁이면 별들이 집으로 소풍 온다
멍석 위에서 보리밥 먹고
보리 밥풀만큼이나 수많은
빛을 마당에 뿌린다

쑥대로 모깃불 놓으면 모기들
쑥불 연기로 만든
실오리 드레스 한 벌 얻어
별똥별 손잡고 나들이 간다

어머니는 광주리에
별을 부지런히 따 담아
풋참외를 씻으면서
텅 빈 곳을 사랑으로 채운다

별 속에 들어간 풋참외는
어머니의 손끝에서
노란 참외가 되어
빛과 색으로 말한다
– 시 「어머니의 별」 전문

이 시에 나타난 인상적인 표현은 ‘별들이 집으로 소
풍을 온다.’는 표현이다. 보리밥풀만큼이나 많은 ‘별빛’
이 보이고 ‘쑥불 연기로 만든 드레스’에서 하얀 색깔과 노란색 참외가 나타난다. 시의 감성이 넉넉하고 따뜻하다. 어머니의 모습이 별이 되어서 나타나는 것이다.
 김진오 시인의 또 다른 시 「붕어빵」을 살펴보자.

　눈이 내린다
　눈 내리는 길거리에
　붕어가 뛰어논다

　무쇠 틀 속에서
　수많은 붕어가
　살아서 나온다

　구수한 냄새를 풍기며
　날아오른다
　하얀 김을 쏟아 내며
　춤을 춘다

　어릴 적 어머니가 사다 준
　붕어가 되살아나서
　방안을 헤엄쳐 다닌다
　어머니와 나는
　논틀밭틀 따라 고향 간다
　– 시 「붕어빵」 전문

 눈이 내리는 겨울날 하얀색과 노란 붕어빵 추억은 고향의 어머니를 부른다. 그 색깔은 하얀색과 노란색이다. 예나 지금이나 시를 읽을 때 눈을 뜨게 하고 마음을 밝혀주는 구절은 아마도 '어머니'와 '고향'이 아닐까 한다. 또 마음을 넓혀주고 감동을 일으키는 어머니와 고향은 시적 성장을 가져다준 표현한 것이 아닐까 한다.

어머니는 오늘도 사경에 일어나 목욕재계하시고 사시사 철 모두가 잠든 밤 아무도 밟지 않은 오솔길을 따라 해 와 달과 별이 먹는 샘에서 한 동이 물을 이고 오신다 물 동이 속으로 별들이 들어가 밝고 빛난 정화수를 만들어 준다 어머님만의 생활공간인 부엌의 조왕신과 뒤뜰 장독 대에서 칠성님께 정성을 가득가득 담아 올리신다 칠성님 이 내려와서 어머니의 얼고 부르튼 손을 쓰다듬어 주는 데 아랑곳하지 않고 허리 굽혀 두 손 비비는 뒷모습은 큰 바위다 어머니의 정화수는 물이 아니었다 시뻘건 피 였다 나를 키워준 피였다
–시 「어머니」 전문

어머니에 대한 그리움이 간절하다. 날마다 사시사철 모두가 잠든 밤에 해와 달, 그리고 별이 되어서 정화 된 물동이를 이고 오신다고 표현한다. 그 모습을 큰 바위로 그리고 시뻘건 피로 자신을 키웠다고 말한다.
 두 번째로 그의 시에는 '그리움'의 정서로 가득하다. 지난 추억의 그리움에서부터 시작하여 고향, 그리고 추억에 대한 그리움이 절절하게 표현하고 있다.

별들이 소낙비로 내려
너와 나를 흠뻑 적신다

그리워서
그리워서
눈물이 난다
금이 간 가슴으로
눈물방울 뚝뚝 떨어진다
– 시 「그리워」 전문

　그의 시 「육지로 올라온 고기잡이배」를 살펴보자.
시인의 삶을 '고기잡이배'로 비유하고 있다. 언덕빼기
에 누워있는 배는 지난날을 그리움으로 추억한다.

고향을 떠난 고기잡이배 한 척
삶을 끝내고
포구 언덕배기에 누워 졸고 있다

한때는 조기 갈치 명태 오징어
만선의 기쁨에 바닷바람을 타고
하늘을 붕붕거리며 날았다

가득가득 싣고 오색 깃발 펄럭이며
포구로 돌아온 날 모두 반기면서
내 몸에 지폐를 붙여주었다

바다가 그리워
울먹울먹하는
육지로 올라온 고기잡이배
– 시 「육지로 올라온 고기잡이배」 전문

고향을 떠났던 고기잡이배가 포구 언덕빼기에 놓여
있다. 만선의 기쁨을 누리면서 행복과 기쁨을 누렸던
고기잡이배는 그의 삶을 마무리했다. 하지만 아직도
바다가 그리운 것이다. 시인에게는 뭍이 고향이기도
하지만 바다도 삶의 고향인 것이다.

　　끝없이 펼쳐진 소금밭
　　수리차 덤벙덤벙
　　바닷물 마시고 토하는
　　비릿한 고통을 가슴으로 받아 낸다

　　한 폭의 무명베 펼치면
　　해님이 찾아와
　　세월의 더께를 짊어진
　　염부의 등에서 낮잠을 잔다

　　소금꽃 춤사위 나풀나풀
　　잎새에 이는 바람 따라가다
　　그리움이 사무쳐
　　백옥으로 주저앉는다
　　- 시 「비소리 2- 소금」 전문

　소금과 해님이 만나는 염전에서 소금꽃이 피어나고
소금꽃이 바람을 따라가다가 그리움에 사무쳐서 백옥
이 되었다는 표현이 눈부시다. 한마디로 아름답다. 비
소리 마을의 소금은 그리움이 낳은 백옥같은 존재인

셈이다.

오음산 다섯 개의 소리가
오선지에서
사월의 고운 노래로 일어난다

벚꽃이 해끗해끗 함박눈 꽃으로 내리는
오솔길의 꽃잎에 묻어
개오리 들녘을 넘어간다

노루 가족 맑은 눈망울
머언 데 하늘 마시며
오늘도 고향 생각으로 시린 가슴에
낮달을 따서 담는다
– 시 「노루」 전문

오음산은 장산면에 위치한 해발 208 미터의 다섯 봉
우리로 이루어진 산이다. 예로부터 노래를 잘하는 명
창이 많이 배출된 지역이다. 시인은 노루가 되어서 그
리움으로 고향의 노래를 부르고 있다. 물아일체의 경
지인 셈이다. 우리는 보통 내면화라고 말한다. 그 대상
이 되어 그 안으로 들어가 그 대상이 되어 노래하면
감정이입이 된다. 또 다른 시를 살펴보자. 이번에 시인
은 섬이 되어 그리움을 말한다.

바다로 터벅터벅 걸어가면

푸른 빛 감도는 점 하나
출렁거린다

이별의 아픔 깊숙이 박힌
야윈 목선 한 척 오늘도
그리움에 눈물 흘리며 누워있다

팽나무 주엽나무 가득한
나이 많은 나무숲 사이로
푸드덕 새 떼가 날아간다

그 틈새에 얼어붙은 바람
적막 속으로 들어가
꼿꼿이 서 있다
– 시 「그 섬에는」 전문

아름다움이란 무엇일까? 필자는 아름다움이란 단어를
쓸 때마다 가장 선하고 고귀하며 가슴 벅찬 감정이 떠
오른다. 그래서 사물의 내면으로 들어가 노래하는 시
인이 아름답게 느껴진다. 그 아름다움은 나에게 직접
찾아온다. 단순과 복잡, 소박함과 화려함을 떠나서 더
할 것도, 뺄 것도 없는 완전한 상태, 여기에는 순수함
이 있어야 한다. 바로 김진오 시인이 추구하는 세계다.

내 마음의 꽃밭에
피는 홍매화
한 그루

당신을 향한
보고픈 그리움
꽃잎 되어
하나둘 떨어져
강물 따라
멀리멀리
가고 가네
- 「당신」 전문

멀리 떨어져 있는 사랑하는 이가 그리워서 갈 수 없
는 상황 속에서 시인은 홍매화의 꽃잎이 되어 강물 따
라 한 잎, 두 잎 그리움으로 달려가는 것이다. 따뜻한
감성이 넘쳐난다. 시를 쓴다는 것은 내가 그 사물이
되어 그것의 입으로 노래 부르는 것이다. 그러면 그
안의 참 기쁨, 참 고통, 참 희망을 알 수 있다. 그래서
시인은 꽃이 되어 그 안으로 들어가 노래하면 내 노래
는 꽃의 노래가 되고 사랑의 노래가 되는 것이다.

바닷속 깊이 뿌리를 내리고
꿈을 꾸고 있는 섬들
매일 그리움에 젖는다

바다는 연신 춥다고
저희들끼리 몸을 비비며
바다 이불을 잡아당겨 덮는다

때로는 섬 둘레둘레 마다
파도 바람을 휘날리며
섬들에게 화풀이를 한다

그러나 섬들은
그저 묵묵히 웅그리고 앉아
말없이 잠잠하다

올망졸망 섬들은 바다 사이에서
만나지 못한 그리움에
몸겨누워 연신 눈물을 흘린다

섬들의 눈물이
마르고 말라
짠 바닷물을 만들었나 보다
– 시 「섬」 전문

  세 번째로 김진오의 시의 특징은 '진실의 논리'를 갖
고 있다. 시에서 논리는 차갑고 건조한 것만이 아니다.
어떤 말에 뜻을 다지고 고개를 끄덕거림이 있어야 한
다. 다시 말해 김진오의 시는 진술하기에 논리적이다.
진실한 시는 간결하기 마련이다. 군더더기 없이 있는
그대로의 아름다움이 담겨 있다. 그래서 시는 언어의
정수라고 말하지 않던가. 시어는 마음속에서 우러나오
는 소리이기에 더욱 그렇다. 자신의 경험을 담은 시가
살아 숨 쉰다. 은근하게 속삭이면서 감성으로 독자에

게 호소하는 것이다.

> 와 아
> 바람에 목욕하는 벌거벗은
> 저 수많은 나무
>
> 시원해서 덩실덩실 춤을 추면서
> 마을로 마을로 내려와서
> 사람들 껴안고
> 입맞춤하는 연둣빛 사랑
> – 시 「목욕」 전문

말과 행동으로 사람에게 다가서는 일, 그리고 글로써 사람을 안내하는 일은 한가지다. 모두 마음속의 깨달음을 실제로 행하고, 입에서 나와 말이 되어야 한다. 바로 책으로 쓰여 글이 되어야 한다. 그런 의미에서 김진오 시인의 시집 『빛과 색으로 말하다』는 진심을 담은 시집이다. 그가 말하는 빛과 색은 어머니 같은 별빛의 삶, 그리고 푸른빛의 꿈, 연둣빛의 사랑이다.

헬렌 켈러의 말이 떠오른다. "세상에서 가장 아름답고 소중한 것은 보이거나 만져지지 않는다. 단지 가슴으로 느낄 수 있을 뿐이다."

시인은 한 알의 모래에서 하나의 세계를 본다. 한 송이 들꽃에서 진리를 만난다. 사막에서 바위는 오랜 세월을 지나 모래 한 알이 된다. 그때까지 많은 인내와 고통을 겪는다. 그런데 시인은 그곳에서 마음을 열고 진실을 말하고 희망을 말한다.

　　끝없는 사하라 사막
　　낙타 한 마리
　　모래 폭풍 속에서도
　　등 위에 진 하루의 삶이 잘 여물도록
　　저벅저벅 걸어간다

　　사막의 지평선은 고통이 아니다
　　희망의 싹이다

　　어두운 틈새에서
　　낙타와 나의 짧은 만남을
　　별들이 내려다보다 갑자기 뛰어내린다
　　이내 별들은 샘물이 되어 흐른다

　　낙타의 등 위로
　　- 시 「낙타」 전문

누구에게나 좋지 않은 환경이 있다. 하지만 그 환경도 내가 어떻게 헤쳐나가느냐가 관건이다. 내 마음이 건강하고 밝으면 어떤 환경에서도 자유롭고 그곳에서 희망을 찾아낸다. 그리고 시인은 계속해서 꿈을 말한다.

　　해가 서쪽 하늘로 걸어가는
　　신시申時 끝자락

동네 아이들 소 몰고
산 넘어 풀밭으로 꼴을 먹이려 간다

원둑 한편은 넓은 갯벌
바닷물이 밀려와 찰랑찰랑거리고
반대편은 소금밭으로
햇볕에 그을린 구릿빛 몸통을 드러낸 염부들이
짜디짠 알갱이 모아 허기진 희망을 담는다

소들은 제 나름대로 흩어져 풀밭으로
주린 뱃속 넉넉하게 채워 풍년가 부를 때면
아이들은 모닥불에 잘 구워진 보리끄스럼으로
아차아차하던 보릿고개를
물구나무서듯 가파르게 길을 걷는다

노을이 아이들과 소들을 이끌면
땡그렁땡그렁 워낭소리 내며
집으로 가는 길에
개밥바라기 손을 흔든다

풀꽃이 오늘도 무사함을 반기며
내일 모레 글피도 햇살로 피어나
한 뼘 한 뼘 자라 푸른 꿈 품으라 한다
- 시 「비소리 10- 푸른 꿈」 전문

 꿈을 밀고 나가는 것은 이성이 아니라 희망이고 두뇌
가 아니라 심장이다. 재능도 이성도 그것을 내 삶의
목적에 사용하려면 희망이라는 원동력이 필요하다. 그
래서 그의 꿈과 희망의 색깔은 푸른색이다. 희망이 있
으면 심장의 열정을 뿜어 올리기 때문이다. 그뿐인가.

시인은 한 송이의 들꽃에서도 진리를 만나게 된다. 평화와 아름다움, 순수함, 당당함, 조화로움 등 헤아릴 수 없는 지혜와 질서를 만난다.

숲속 하늘 햇빛 방울은
눈이 시리도록
초록 사랑 머금는다

산들바람은
나뭇잎 간지럽혀
웃음 짓게 한다

풀 섶 이름 모를 꽃들
살포시 고개 내밀어
옛이야기 속삭인다
- 시 「들꽃」 전문

세상의 모든 것 하나하나가 고유의 의미와 원리를 갖고 있다. 시인은 이를 찾아내고 글로 표현하고 있다. 삶이 멋진 이유는 끊임없이 새로운 것을 발견하고 있고 있기 때문이다. 시인은 계속해서 새로운 눈으로 바라본다. 새롭게 보는 발견의 즐거움을 누리는 것이다.

마르셀 프루스트는 "진정한 발견의 여정은 새로운 땅을 찾는 것이 아니라 새로운 눈으로 바라보는 것이다."라고 말했다. 옳은 말이다. 김진오 시인은 사랑의 마음으로 사물을 대하고 있다. 사랑이 있으면 아름다

움을 느낀다. 그 안에 사랑이 있기 때문이다. 그 안에
사랑이 있는 것은 다 아름다운 법이다.

메밀꽃은
달빛이고
별들이고
희디희고
맑디맑아
그 순수함이
내 누이의 티 없는 얼굴 닮았네
- 시 「메밀꽃」 전문

우리가 어떤 물건을 아름답게 만들고 싶다면 그 안에
사랑을 넣으면 된다. 예술도 그렇고 사람도 마찬가지
다. 조물주는 모든 자연과 인간을 사랑의 마음으로 만
들었다. 그렇기에 모두가 소중하고 아름답다.

목상의 독수리가 해를 물고 날면서
우리의 아침이 열린 어느 봄날
꽃으로 피어나
아름다운 꽃 다섯 송이 향기를 머금고
한 달에 한 번 만나
우정을 가득 채워 마시는 세월의 잔
이순의 나이 앞에서
우리들 환하게 웃는 기쁨을 맛본다
목련꽃에 걸린 조각달
열 가슴이 둥근달로 키워

온 마음 꽃빛으로 비추는 사람들
참 좋은 사람들
– 시 「좋은 사람들」 전문

 정말 소중한 것은 시인 스스로 터득하는 일이다. 어
린아이의 말문이 열리고, 키가 자라고, 성인이 되어야
사랑을 한다. 고통도 받아들인다. 좋은 것, 아름다움을
느끼는 것은 누가 가르쳐 주는 것이 아니다. 스스로
느끼고 깨달으면서 가슴에 쌓아가는 것이다. 어쩌면
시인은 시를 쓰면서 그 감성을 가슴으로 쌓아가는 것
은 아닐까? 아무도 모르는 사이에 우리의 생각과 말과
행동에 스며들어 성품이 되고 인격이 되어 나타난 것
이다.

와 아
바람에 목욕하는 벌거벗은
저 수많은 나무

시원해서 덩실덩실 춤을 추면서
마을로 마을로 내려와서
사람들 껴안고
입맞춤하는 연둣빛 사랑
– 시 「목욕」 전문

 오늘도 시인은 장산도에서 그리고 삶 속에서 목욕을
하고 있다. 자연과 사람 속에서 그렇게 살아간다. 좋은

생각을 하면 좋은 관계, 좋은 사랑을 하게 된다. 그러한 사랑이 그 사람을 성숙시키고 행복하게 한다. 가랑비에 옷이 젖듯 어느 사이엔가 시인의 내면도 사랑과 진실에 젖어든 것이다. 그의 삶에 반가운 비가 내리면 모든 생명이 초록빛을 띤다.

> 머언 산 어두워진다
> 어둠 속에 비가
> 소리 없이 내린다
> 논밭 쩍쩍 갈라진 틈새 흠뻑 젖는다
> 온 세상이 밝아지면서
> 초록 싹이 피어오른다
> 삽을 들고 논두렁 물꼬를 보는 농부들
> 얼굴에 웃음꽃이 핀다
> ㅡ 시 「반가운 비」 전문

지금껏 김진오 시인의 시 세계를 살펴보았다. 그의 시를 한마디로 말하면 '빛과 색으로 그린 그리움과 희망의 노래'라고 말하고 싶다.

어머니에 대한 그리움은 따듯한 별빛이다. 그 그리움은 개인을 넘어서 좋은 세상을 만든다. 그 시대가 어떤 시대였는지 알고 싶으면 그 시대의 어머니를 보라는 말이 있다. 시인은 어머니의 품과 같은 장산도에서 어느새 최선의 삶을 살고 있다.

빈센트 반 고흐가 말했다. "삶을 사랑하는 최선의 방법은 사랑하는 것이다."

그의 꿈과 희망은 푸른 빛이다. 삶이란 한 사람 한 사람이 품는 희망의 역사다. 그로 말미암아 세상에 가치를 더하는 것이다. 삶은 누구의 것이든 소중하고 귀하다. 이 삶을 아름답게 하는 최선의 길은 많은 것을 사랑하는 것이다. 많이 사랑하는 사람은 풍성하고 아름다운 삶을 살아간다. 그래서 김진오 시인의 희망과 꿈의 빛깔은 푸른색이다.

그의 깨달음의 진리는 연둣빛이요 초록빛이다. 그는 오늘도 자연과 사람 속에서 초록 사랑을 하는 것이다.

삶의 결론은 그다지 복잡하지 않다. 우리 안에 사랑과 희망이 있다면 우리는 이미 성공한 사람인 것이다. 아침마다 사랑의 인사를 나누고 희망을 나눌 때 우리는 최상의 삶을 사는 것이리라.

김진오 시인의 86편의 시를 만났다. 고향과 같은 비소리, 신안과 장산도에 대한 사랑, 자연에 대한 꿈과 희망을 만날 수 있었다. 어머니 같은 고향, 자연을 아끼는 그 마음에 읽는 이도 가슴도 뭉클하리라.

고향(어머니)에 대한 별빛 같은 그리움과 사랑, 푸른 희망, 그리고 연둣빛 깨달음이 오래도록 독자들의 가슴에 남으리라.

김진오 시인의 건강과 건승을 기원한다.

■ 글벗시선193 김진오 시집

빛과 색으로 말하다

인 쇄 일 2023년 4월 3일

발 행 일 2023년 4월 3일

지 은 이 김 진 오

펴 낸 이 한 주 희

펴 낸 곳 도서출판 글벗

출판등록 2007. 10. 29(제406-2007-100호)

주   소 경기도 파주시 와석순환로 16,(야당동)
         롯데캐슬파크타운 905동 1104호

홈페이지 http://guelbut.co.kr

E-mail juhee6305@hanmail.net

전화번호 031-957-1461

팩   스 031-957-7319

가   격 12,000원

I S B N 978-89-6533-251-0 04810